La promesse

L'histoire de deux sœurs prisonnières d'un camp de concentration nazi

Pnina Bat Zvi et Margie Wolfe
Illustrations d'Isabelle Cardinal
Texte français d'Isabelle Allard

SCHOLASTIC

Rachel fut soudainement tirée de son rêve. Dans son sommeil, elle était libre de s'amuser avec ses amis et d'aller à l'école. Mais le gong annonçait maintenant le début d'une autre journée au camp de concentration d'Auschwitz.

Constamment tenaillée par l'inquiétude, Rachel se rapprocha de sa sœur aînée dans le lit qu'elles partageaient avec deux autres filles.

— Réveille-toi, murmura-t-elle à l'oreille de Toby.

— Je suis réveillée.

Toby plongea automatiquement la main dans sa poche, à la recherche de la boîte en fer-blanc. Les pièces d'or étaient en sécurité.

— Tu les as toujours? chuchota Rachel quand elles se levèrent pour affronter les dangers que la journée leur réservait.

— Oui, je l'ai promis à maman!

Toby soupira en se rappelant que les nazis avaient fait travailler Rachel le soir où ils avaient emmené tous les Juifs adultes hors de la ville. Rachel n'avait pas eu la chance de dire au revoir à ses parents. Elle n'était pas là quand son père avait remis la petite boîte à Toby en disant : « C'est tout ce que nous pouvons vous laisser. Trois pièces d'or sont cachées dans la cire à chaussures. Utilisez-les seulement si c'est nécessaire. »

Rachel n'avait pas vu non plus sa mère prendre Toby à part pour lui dire : « Sers-toi de l'or pour quelque chose d'important. Quand le moment sera venu, tu le sauras. Et surtout, restez ensemble. C'est votre seule chance de survivre. »

Deux ans s'étaient écoulés depuis cette terrible nuit. Rachel et Toby n'avaient jamais revu leurs parents.

Les deux filles sursautèrent quand la porte de la baraque 25 s'ouvrit à la volée.

— *Achtung!* Attention! cria la gardienne nazie. Mettez-vous en rang dans la cour!

À ses côtés, le berger allemand gronda. Il était toujours prêt à attaquer.

Une fois en rang dehors, une prisonnière fit l'appel. Les filles s'avançaient à tour de rôle dès qu'elle les appelait, puis elle cochait leur nom sur la liste.

— Sofie?

— Présente!

— Eva?

— Présente!

— Rachel?

— Présente!

— Lola?

Silence.

— Lola? Lo…

— Tu peux rayer son nom de la liste! Elle est partie, siffla la gardienne.

Une fille se mit à sangloter et la gardienne cria :

— Arrête de pleurnicher, idiote!

Lola était restée couchée la veille, trop malade pour travailler. Au retour des autres filles, elle n'était plus là. Toutes savaient que Lola ne reviendrait pas. Son amie, Pessa, s'était endormie en pleurant.

S'il vous plaît, faites qu'on ne tombe pas malades, pria Toby en regardant Rachel.

— Toby?

En entendant son nom, la jeune fille sursauta et fit un pas en avant :

— Présente!

Un jour, les prisonnières construisaient un mur avec de lourdes pierres. Le lendemain, elles le démolissaient. Le jour suivant, elles le reconstruisaient. Personne n'avait le courage de protester contre une telle absurdité.

Toby résistait à sa manière. Quand les gardiens avaient le dos tourné, elle cessait de travailler et les regardait avec un air défiant. Quand ils se retournaient, elle s'empressait de ramasser une pierre, comme si elle n'avait jamais arrêté. Même si elle risquait de se faire prendre et punir, elle estimait que le risque en valait la peine.

Eva la trouvait intrépide. Pessa la trouvait téméraire. Mais Rachel connaissait sa sœur. Ce geste de défi était la petite victoire de Toby contre ceux qui avaient enlevé leurs parents et leur liberté, ceux qui avaient fait d'elles des esclaves simplement parce qu'elles étaient juives.

Ce jour-là, les gardiens étaient plus méchants que d'habitude :

— Vite! Silence! Plus vite! cria l'un d'eux.

Rachel se tourna vers sa sœur et faillit pousser un cri. Là, par terre, aux yeux de tous, se trouvait la boîte de pièces d'or!

Que devait-elle faire? Elle ne pouvait pas la ramasser sans être vue. Toby n'avait rien remarqué et tendait une pierre à Eva. Un des gardiens approchait avec son chien. L'animal allait sûrement renifler la boîte.

Rachel devait agir. Toby avait conservé les pièces pendant deux ans. C'était son tour à présent.

Rachel fit mine de trébucher et laissa tomber sa grosse pierre sur la boîte pour la couvrir.

— Maladroite! s'exclama le gardien. Reprends le travail!

Son chien s'abaissa sur les pattes arrière d'un air menaçant.

— Pardon! Ça n'arrivera plus! dit Rachel.

Elle se pencha pour ramasser la pierre et prit la boîte en même temps.

Après le départ du gardien, Rachel changea de place avec Eva pour être près de sa sœur.

— Ça va? lui demanda Toby, inquiète.

Rachel hocha la tête.

— J'ai la boîte de cire à chaussures dans ma main. Prends-la.

Toby tâta sa poche. Elle était vide! Après s'être assurée que personne ne les regardait, Toby glissa discrètement sa main dans celle de Rachel et prit la boîte. En faisant semblant d'essuyer la terre de ses paumes, elle la remit dans sa poche.

Ce soir-là, les filles étaient étendues sur leur couchette, attendant de s'évader dans le sommeil.

— Je suis très fière de toi, Rachel, murmura Toby. Maman et papa le seraient aussi.

Rachel fut surprise de ce compliment.

— Je suis loin d'être aussi courageuse que toi! Je ne crois pas que je pourrais tenir notre promesse si un soldat nazi décidait de nous séparer.

Toby secoua la tête.

— Détrompe-toi. Je ne suis pas aussi courageuse que tu le penses. Je fais semblant d'être forte et j'essaie de me convaincre que je suis brave.

Elle embrassa la joue de Rachel et ajouta :

— Mais je sais une chose : cette horreur ne durera pas toujours. Ce qu'il faut, c'est survivre jusqu'à la fin de la guerre. Repose-toi, Rachel. Tu nous as sauvées aujourd'hui.

Le lendemain matin, le temps était froid et pluvieux.
Les prisonnières durent démolir le mur qu'elles avaient érigé la veille.
Elles claquaient des dents lorsqu'elles revinrent au camp. La plupart
parvinrent à se réchauffer après un certain temps, mais à la tombée
de la nuit, Rachel frissonnait toujours.

Les filles tentèrent de l'aider. Sofie lui donna sa soupe. Pessa
la couvrit avec sa couverture élimée. Eva lui frotta les mains. Toby
la serra contre elle pour calmer ses tremblements, et elle s'endormit
dans ses bras.

Tout le monde se rappelait la disparition de Lola. Rachel devait
être remise pour l'appel du lendemain matin. Les nazis ne gardaient
pas ceux qui étaient trop faibles pour travailler.

À l'aube, Rachel n'allait pas mieux.

— J'ai mal partout. Laissez-moi dormir un peu plus longtemps, supplia-t-elle.

— Tu ne peux pas! dit Toby. Je vais faire ton travail aujourd'hui, mais tu dois te lever.

Rachel en était incapable. La faim et le dur labeur l'avaient affaiblie. Quand le nom de Rachel retentit durant l'appel ce matin-là, Toby s'avança et déclara en s'efforçant de maîtriser le tremblement de sa voix :

— Ma sœur est enrhumée aujourd'hui. Rien de grave. Elle ira mieux demain!

La gardienne fit signe à la prisonnière de rayer le nom de Rachel. Toby tomba à genoux. Elle supplia la gardienne de la laisser rester auprès de Rachel en promettant d'effectuer un double quart de travail le lendemain, mais la femme l'ignora.

Pour la première fois depuis leur arrivée à Auschwitz, les sœurs allaient être séparées.

Toby travailla fébrilement toute la journée, sans même penser à défier les gardiens. Rongée par l'inquiétude, elle avait hâte de revenir à la baraque. À son retour, comme elle le craignait, leur lit était vide.

— Ils ont pris Rachel! s'écria-t-elle. Je dois la retrouver avant qu'il ne soit trop tard!

— Il est trop tard, dit Pessa d'une voix douce. Ne fais pas d'histoires ou tu disparaîtras toi aussi.

— Il n'y a rien à faire, ajouta gentiment Sofie. Elle est partie.

— Tu es une prisonnière, dit Eva. Que pourrais-tu faire?

Toby les écoutait, incapable de se résigner.

— Vous avez peut-être raison, mais je vais la trouver. C'est ma sœur.

Les autres pouvaient percevoir la détermination dans sa voix.

Un plan prit forme dans l'esprit de Toby. *J'ai toujours les pièces d'or.*

— Vite, Eva! Donne-moi ton foulard. Rachel en aura peut-être besoin pour se cacher la figure.

Eva lui tendit un foulard, tout comme Pessa.

— Tu en auras probablement besoin, toi aussi. Rachel est sans doute dans la baraque 29. C'est là qu'ils gardent les malades jusqu'à…

Eva l'interrompit :

— Sois prudente. Rachel admire ton courage, mais elle trouve que tu prends trop de risques. Elle s'inquiète pour toi.

Les yeux de Toby se remplirent de larmes. À la maison, elle avait toujours traité Rachel comme une petite peste énervante, car celle-ci la suivait partout. Maintenant, elle aurait fait n'importe quoi pour la sauver.

— Priez pour nous, dit-elle.

En s'éloignant vers la porte, elle pensa : *S'ils m'attrapent, je ne reverrai jamais mes amies.*

Dans la baraque 29, Rachel perdait espoir.

— Nous sommes en danger ici, chuchota-t-elle à une vieille femme couchée près d'elle. Pensez-vous que quelqu'un viendra nous aider?

La gardienne de la baraque dressait une liste en marchant entre les lits des malades.

La vieille femme répondit :

— Il n'y a d'aide pour personne à Auschwitz.

Puis, voyant que ses paroles effrayaient Rachel, elle ajouta :

— Mais je suppose que des miracles se produisent… parfois.

Pour éviter d'attirer l'attention de la gardienne, Rachel trouva un coin où pleurer en paix. Elle imagina le visage de sa sœur. Toby survivrait-elle sans elle? Elles avaient besoin d'un miracle. Tous les prisonniers d'Auschwitz en avaient besoin. C'était comme si le monde les avait oubliés.

Du bout du doigt, Rachel traça les lettres T-O-B-Y sur le sol sablonneux.

La gardienne sortit de la baraque 29. En la voyant, Toby se précipita derrière une remise, mais le berger allemand l'aperçut et tira sur sa laisse. Impatiente d'aller souper, la gardienne força le chien à la suivre. Le chien passa à quelques centimètres de Toby. Celle-ci s'effondra contre le mur, terrifiée.

Lorsque les battements affolés de son cœur se calmèrent, elle jeta un coup d'œil derrière la remise. Une gardienne, une détenue qui espérait survivre en aidant les nazis, surveillait la porte de la baraque 29. Toby la reconnut. C'était un coup de chance.

— Ma sœur est à l'intérieur, chuchota-t-elle en s'approchant. Laisse-moi entrer, s'il te plaît.

— Impossible, dit la gardienne en détournant les yeux.

Toby savait quoi faire.

— Je peux te donner une pièce d'or si tu m'aides.

L'expression de la femme changea.

— C'est trop dangereux, dit-elle.

— *Deux* pièces, alors. S'il te plaît! Je n'ai plus que ma sœur!

— Viens! dit la femme en l'attirant à l'intérieur.

Toby prit la boîte dans sa poche et en sortit deux pièces. La gardienne s'en empara et les frotta pour enlever la cire à chaussures jusqu'à ce que l'or brille enfin. Satisfaite, elle les empocha.

— Dépêche-toi! ordonna-t-elle.

Toby chercha Rachel désespérément à l'intérieur, en vain. Elle retourna voir la gardienne.

— Ont-ils déjà emmené ma sœur?

La femme haussa les épaules.

— Je vais retourner vérifier, dit Toby.

— Attends! Que me donnes-tu pour ce risque supplémentaire?

Toby sortit la dernière pièce d'or.

— Tiens! C'est tout ce qu'il me reste.

 Cette fois, Toby chercha soigneusement. Elle remarqua une porte et y passa la tête. Sa sœur était là, dans un petit espace clôturé derrière la baraque.

Toby poussa un cri et courut l'embrasser.

— Il faut sortir d'ici. Viens avec moi! Tout de suite!

Les deux filles coururent vers la gardienne.

— Ne faites pas de bruit ou nous allons toutes nous faire tuer, dit la femme.

Toby tendit le foulard d'Eva à sa sœur.

— Mets ça.

Hors d'haleine et tremblantes, les deux filles se glissèrent dehors, dans la pénombre.

— Comment as-tu…

— Chut! la coupa Toby. Viens!

Dans la baraque 25, les filles furent accueillies par des étreintes, des larmes de joie et beaucoup de questions.

— Tu as tout risqué pour moi, dit Rachel.

— Tu es ma petite peste de sœur! Qu'aurais-je pu faire d'autre?

Rachel sourit.

— Et toi, tu es le miracle autoritaire dont j'avais besoin.

Pour une nuit, les prisonnières de la baraque 25 oublièrent leurs craintes.

Personne ne voulait penser à ce qui arriverait au lever du soleil.

À la fin de l'appel, le lendemain, chaque fille s'était avancée en entendant son nom, sauf une. La gardienne regarda Rachel, stupéfaite.

— Tu n'es pas censée être ici. Quand es-tu revenue?

— Je l'ai sortie de la baraque 29, répondit Toby.

En voyant la gardienne avancer avec son chien, elle s'écria :

— Il le fallait! J'avais promis à mes parents que nous resterions ensemble!

— C'est ma faute! cria Rachel. J'étais malade. Ma sœur voulait me protéger.

La gardienne désigna Toby.

— Sors du rang et déboutonne ta robe. Face au mur!

Elle se pencha pour détacher le chien et lui ordonna de ne pas bouger. Personne ne dit mot jusqu'à ce que la gardienne commence à fouetter le dos nu de Toby avec la laisse.

Rachel poussait un cri chaque fois que Toby gémissait de douleur, mais la gardienne continua.

Quand ce fut enfin terminé, Toby s'écroula par terre et Rachel se précipita vers elle.

La gardienne rattacha la laisse au collier du chien.

— J'ai fait mon travail, dit-elle à Toby. Tu as été punie.

Puis, à l'étonnement de toutes, elle se tourna vers la prisonnière à ses côtés.

— Remets le nom de Rachel sur la liste. Elle peut rester avec sa sœur.

Des soupirs de soulagement s'élevèrent tandis que la gardienne s'éloignait. Toby et Rachel la fixaient des yeux, incrédules. Était-ce possible que l'amour qui liait les deux sœurs ait touché le cœur d'une gardienne nazie? Elles ne le sauraient jamais.

Des cicatrices marquèrent longtemps le dos de Toby. Mais le jour où les nazis furent vaincus et que les prisonniers furent enfin libérés, les deux sœurs quittèrent le camp main dans la main, en emportant une boîte de cire à chaussures vide. Les pièces n'y étaient plus.

Mais elles avaient tenu leur promesse.

Épilogue

Toby (à droite) et Rachel (à gauche) sont restées des sœurs dévouées et de grandes amies pour les cinquante années suivantes. Même lorsque la distance les séparait, leur cœur et leur esprit demeuraient unis. Elles gardèrent toujours des liens d'amitié avec les autres survivantes de la baraque 25.

Leurs filles, des cousines très proches, ont rédigé cette histoire que leur ont racontée leurs mères.